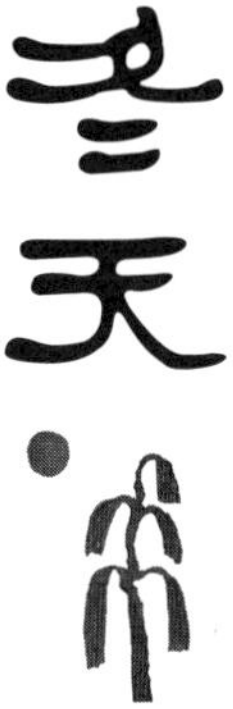

미당 서정주
未堂 徐廷柱
1915~2000

1915년 6월 30일 전북 고창
선운리에서 태어났다.
중앙불교전문학교(현 동국대학교)에서
공부했고, 1936년 동아일보 신춘문예에
시「벽」이 당선된 후『시인부락』동인으로 활동했다.
1941년『화사집』을 시작으로『귀촉도』『서정주시선』
『신라초』『동천』『질마재 신화』『떠돌이의 시』
『서으로 가는 달처럼…』『학이 울고 간 날들의 시』
『안 잊히는 일들』『노래』『팔할이 바람』『산시』
『늙은 떠돌이의 시』『80소년 떠돌이의 시』등
모두 15권의 시집을 발표했다.
1954년 예술원 창립회원이 되었고
동국대학교 교수를 지냈다.
2000년 12월 24일 향년 86세로 별세,
금관문화훈장을 받았다.

서
정
주 시
 집

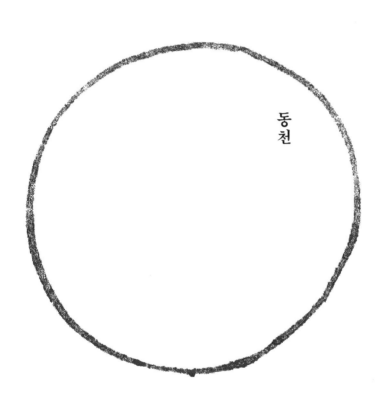

동
천

은행나무

차례

여행가

일러두기

1 이 시집은 『동천』(민중서관, 1968)을 저본으로 삼았다.

2 원본 시집의 형식을 살리되, 체제 및 표기는 『미당 서정주 전집』
  (은행나무, 2015)을 따랐다.

3 시집 원주[原註] 외의 주들은 편집자주라고 밝혔다.

동천 冬天

동천 冬天

시인의 말

　1961년 제4시집 『신라초』를 낸 뒤 여태까지 발표해 온 것 중 50편을 골라 모아 『동천』이란 이름을 붙여 보았다. 그중 「마른 여울목」과 「무無의 의미」 두 편은 신구문화사판 『한국시인전집』 속의 내 선집에 이미 수록된 것이나 내 개인 시집 속엔 아직 끼이지 않았던 것이라 옮겨 여기 넣도록 했다.

　『신라초』에서 시도하던 것들이 어느 만큼의 진경進境을 얻은 것인지, 하여간 나는 내가 할 수 있는 대로의 최선은 다해 온 셈이다. 특히 불교에서 배운 특수한 은유법의 매력에 크게 힘입었음을 여기 고백하여 대성大聖 석가모니께 다시 한번 감사를 표한다.

1968년 8월

동천冬天

내 마음속 우리 님의 고은 눈섭을
즈믄 밤의 꿈으로 맑게 씻어서
하늘에다 옮기어 심어 놨더니
동지섣달 날으는 매서운 새가
그걸 알고 시늉하며 비끼어 가네

연꽃 만나고 가는 바람같이

섭섭하게,
그러나
아조 섭섭치는 말고
좀 섭섭한 듯만 하게,

이별이게,
그러나
아주 영 이별은 말고
어디 내생에서라도
다시 만나기로 하는 이별이게,

연꽃
만나러 가는
바람 아니라
만나고 가는 바람같이……

엊그제

만나고 가는 바람 아니라

한두 철 전

만나고 가는 바람같이……

피는 꽃

사발에 냉수도
부셔 버리고
빈 그릇만 남겨요.
아주 엷은 구름하고도 이별해 버려요.
햇볕에 새 붉은 꽃 피어나지만
이것은 그저 한낱 당신 눈의 그늘일 뿐,
두 번쨌가 세 번째로 접혀 깔리는
당신 눈의 엷디엷은 그늘일 뿐이어니……

* 편집자주―이 시의 7행과 8행은 『서정주문학전집』(일지사, 1972)에서
시인이 고쳤다(접히는 그늘일 뿐 → 접혀 깔리는, 작디작은 → 엷디엷은).

님은 주무시고

님은
주무시고,
나는
그의 벼갯모에
하이옇게 수놓여 날으는
한 마리의 학이다.

그의 꿈속의 붉은 보석들은
그의 꿈속의 바닷속으로
하나하나 떨어져 내리어 가라앉고

한 보석이 거기 가라앉을 때마다
나는 언제나 한 이별을 갖는다.

님이 자며 벗어 놓은 순금의 반지
그 가느다란 반지는
이미 내 하늘을 둘러 끼우고

그의 꿈을 고이는

그의 벼갯모의 금실의 테두리 안으로

돌아오기 위해

나는 또 한 이별을 갖는다.

모란꽃 피는 오후

그대 있는 쪽
바람이 와
호수 되어
고이면서……

우리 둘 사이의 산마루
쓰담는 걸 쉬고
오늘은 그냥 와
호수 되어 고이면서……

그 호수 언덕에
산그늘이
둘의 걸로 깔리면서……

흠!
흠!
흠!
흠!

거기 피는 붉은 모란이

새 기침을 하면서……

아다지오조로

아다지오조로

산맥은

네게로 줄달음쳐 가면서……

천지에 시간은

인제

금시 잠을 깬

네 두 눈의 눈 깜작임이 되면서……

내 영원은

내 영원은
물빛
라일락의
빛과 향의 길이로라.

가다 가단
후미진 굴형이 있어,
소학교 때 내 여선생님의
키만큼 한 굴형이 있어,
이뿐 여선생님의 키만큼 한 굴형이 있어,

내려가선 혼자 호젓이 앉아
이마에 솟은 땀도 들이는

물빛
라일락의
빛과 향의 길이로라
내 영원은.

내 그대를 사랑하는 마음은

내 그대를 사랑하는 마음은
이것은 차마 벌써 말씀도 아닌,
말씀이 아닐 것도 인제는 없는
구름 없는 하늘에 가 살고 있어요.

무지개 일곱 빛깔 타고 내려와
구름 속에 묻히어 앉아 쉬다가
빗방울에 싸여서 산수유에 내리면
산수유꽃 피여서 사운거리고

산수유꽃 떨어져 시드시어서
구름으로 날아가 또 앉아 쉬다
햇빛에 무지개를 타고 오르면
구름 없는 하늘에서 다시 살아요.

* 편집자주─2연 1행(햇빛의 → 무지개)과 3연 3행(푸리즘의 → 햇빛에)은
『서정주문학전집』을 따랐다.

추석

대추 물들이는 햇볕에
눈 맞추어
두었던 눈썹.

고향 떠나올 때
가슴에 끄리고 왔던 눈썹.

열두 자루 비수 밑에
숨기어져
살던 눈썹.

비수들 다 녹슬어
시궁창에
버리던 날,

삼시 세끼 굶은 날에
역력하던
너의 눈썹.

안심찮아
먼 산 바위에
박아 넣어 두었더니

달아 달아 밝은 달아
추석이라
밝은 달아

너 어느 골방에서
한잠도 안 자고 앉았다가
그 눈썹 꺼내 들고
기왓장 넘어오는고.

눈 오시는 날

내 연인은 잠든 지 오래다.
아마 한 천 년쯤 전에……

그는 어디에서 자고 있는지,
그 꿈의 빛만을 나한테 보낸다.

분홍, 분홍, 연분홍, 분홍,
그 봄 꿈의 진달래꽃 빛갈들.

다홍, 다홍, 또 느티나무 빛,
짙은 여름 꿈의 소리 나는 빛갈들.

그리고 인제는 눈이 오누나……
눈은 와서 내리쌓이고,
우리는 제마닥 뿔뿔이 혼자인데

아 내 곁에 누어 있는 여자여.
네 손톱 속에 떠오르는 초생달에도
내 연인의 꿈은 또 한번 비친다.

마른 여울목

말라붙은 여울 바닥에는 독자갈들이 드러나고
그 우에 늙은 무당이 또 포개어 앉아
바른손바닥의 금을 펴어 보고 있었다.

이 여울을 끼고는
한켠에서는 소년이, 한켠에서는 소녀가
두 눈에 초롱불을 밝혀 가지고 눈을 처음 맞추고 있던 곳
이다.

소년은 산에 올라
맨 높은 데 낭떠러지에 절을 지어 지성을 디리다 돌아가고,
소녀는 할 수 없이 여러 군데 후살이가 되었다가 돌아간
뒤……

그들의 피의 소원을 따라 그 피의 분꽃 같은 빛갈은 다 없
어지고
맑은 빗낱이 구름에서 흘러내려 이 앉은 자갈들 우에 여
울을 짓더니
그것도 하릴없어선지 자취를 감춘 뒤

말라붙은 여울 바닥에는 독자갈들이 드러나고
그 우에 늙은 무당이 또 포개어 앉아
바른손바닥의 금을 펴어 보고 있었다.

무無의 의미

이것은 꽃나무를 잊어버린 일이다.

그 제각祭閣 앞의 꽃나무는 꽃이 진 뒤에도 둥치만은 남어
그 우에 꽃이 있던 터전을 가지고 있더니
인제는 아조 고갈해 문드러져 버렸는지
혹은 누가 가져갔는지,
아조 뿌리채 잊어버린 일이다.

어떻게 헐까.
이 꽃나무는 시방 어데 가서 있는가.
그리고 그 씨들은 또 누구누구가 받어다가 심었는가.
그래 어디어디 몇 집에서 피어 있는가?

　지난번 비 오는 날에도
　나는 그 씨들 간 데를 물어 떠나려 했으나 뒤로 미루고 말
았다.
　낱낱이 그 씨들 간 데를 하나투 빼지 않고 물어 가려던 것
을 미루고 말았다.

그러기에 이것은 또 미루는 일이다.

그 꽃씨들이 간 곳을 사람들은 또 낱낱이 다 외고나 있을까?
아마 다 잊어버렸을는지도 모른다.

그렇다면 이것은 외고 있지도 못하는 일.

이것은 이렇게 꽃나무를 잊어버린 일이다.

동지冬至의 시

씨베리야의
카츄샤 마슬로봐의
이만 명 분의
남긴
호흡 같은 날.

길 뜬 지 달포가 넘는 내 석류 가지의 루비들은
얼마 전 무욕 색계의 그 친정에 들러
골방 금침錦枕 우에 비스듬이 누어 있고,

간 봄의 내 초원 장제草原長堤의 쑥대밭의 비취들은
몇 달을 가서 쉬고
무운천無雲天에서 다시 내려올 채비들을 하느라고
수런거려 쌓는다.

아아 내 키만큼 한 비취의 공규空閨.
아아 내 안해의 키만큼 한 비취의 공규.
친정 간 내 안해와 남은 내 키만큼 한 비취의 공규.

아아 내 아들의 키만큼 한 루비의 공규.

아아 내 며느리의 키만큼 한 루비의 공규.

친정 간 내 며느리와 남은 내 아들의 키만큼 한 루비의 공규.

돋아날 민들레의 장래의 육신을 재고 있는 대신

천리의 동지 여행을 나도 다니어 오리.

저무는 황혼

새우마냥 허리 오구리고
누엿누엿 저무는 황혼을
언덕 넘어 딸네 집에 가듯이
나도 인제는 잠이나 들까.

굽이굽이 등 굽은
근심의 언덕 넘어
골골이 뻗히는 시름의 잔주름뿐,
저승에 갈 노자도 내겐 없느니

소태같이 쓴 가문 날들을
역구풀 밑 대어 오던
내 사랑의 보 또랑물
인제는 제대로 흘러라 내버려 두고

으시시히 깔리는 머언 산 그리메
홑이불처럼 말아서 덮고
엣비슥히 비끼어 누어
나도 인제는 잠이나 들까.

고
대
적

시
간

선운사 동구

선운사 골째기로
선운사 동백꽃을 보러 갔더니
동백꽃은 아직 일러 피지 안했고
막걸릿집 여자의 육자배기 가락에
작년 것만 상기도 남었습디다.
그것도 목이 쉬어 남었습디다.

* 편집자주―5행의 '상기도'는 '아직도'(『예술원보』, 1967), '오히려'(『동천』, 1968), '시방도'(『서정주문학전집』, 1972)와 함께 여러 번 고쳐 쓴 결과다. '고랑'은 '골째기'로, '않았고'는 '안했고'로 고쳤다. 국내 유일의 서정주 친필 시비인 선운사 시비 (1974)의 표기를 반영했다.

삼경三更

이슬 머금은 새빨간 동백꽃이
바람도 없는 어두운 밤중
그 벼랑에서 떨어져 내리고 있습니다
깊은 강물 우에 떨어져 내리고 있습니다

재채기

어디서
누가
내 말을 하나?

가을 푸른 날
미닫이에 와 닿는 바람에
날씨 보러 뜰에 내리다 쏟히는 재채기

어디서
누가
내 말을 하나?

어디서 누가 내 말을 하여
어느 꽃이 알아듣고 전해 보냈나?

문득 우러른 서산西山 허리엔
구름 개여 놋낱으로 쪼이는 양지.
옛사랑 물결 짓던
그네의 흔적.

어디서

누가

내 말을 하나?

어디서 누가 내 말을 하여

어늬 소가 알아듣고 전해 보냈나?

우리 님의 손톱의 분홍 속에는

우리 님의
손톱의
분홍 속에는
내가 아직 못다 부른
노래가 살고 있어요.

그 노래를
못다 하고
떠나올 적에
미닫이 밖 해 어스럼 세레나드 위
새로 떠 올라오는 달이 있어요.

그 달하고
같이 와서
바이올린을 키면서
아무리 생각해도 생각 안 나는
G선의 멜로디가 들어 있어요.

우리 님의

손톱의

분홍 속에는

전생의 제일로 고요한 날의

사둔댁 눈웃음도 들어 있지만

우리 님의

손톱의

분홍 속에는

이승의 빗바람 휘모는 날에

꾸다 꾸다 못다 꾼

내 꿈이 서리어 살고 있어요.

여자의 손톱의 분홍 속에서는

"파리스하고
붙는 건
인젠 당신이나 하슈.
나는
본서방한테로
그리샤로
돌아갈 테니까."

헬렌이
비이너스를
핀잔하는
소리가 나고

얼쩡얼쩡하다가
군인의
창에 찔려
거꾸러지는
비이너스의 피가 보인다.

사람 것보단은

아조 말쩡하다는

비이너스의 피가 보인다.

비인 금가락지 구멍

이 비인 금가락지 구멍에
끼었던 손가락은
이 구멍에다가 그녀 바다를 조여 끼어 두었었지만
그것은 구름 되어 하늘로 날아가고……

이 비인 금가락지 구멍에
끼었던 손가락은
한 하늘의 구름을 또 조여서 끼었었지만
그것은 또 우는 비 되어 땅으로 내려지고……

이 비인 금가락지 구멍에
끼었던 손가락은
인제는 그 어지러운 머리골치를 거두어
누군가의 주머니 속으로
들어간 것까진 알겠다만

누구냐
그 허리에 찬 주머니 속의 그녀 어질머리로

오동꽃 내음새 나는 피리 소리를

연거푸 연거푸 이 구멍으로 불어넣어 보내고만 있는 너는?

수로부인의 얼굴

―미인을 찬양하는 신라적 어법

1

암소를 끌고 가던
수염이 흰 할아버지가
그 손의 고삐를
아조 그만 놓아 버리게 할 만큼,

소 고삐 놓아두고
높은 낭떠러지를
다람쥐 새끼같이 뽀르르르 기어오르게 할 만큼,

기어올라 가서
진달래꽃 꺾어다가
노래 한 수 지어 불러
갖다 바치게 할 만큼,

2

정자에서 점심 먹고 있는 것
엿보고
바닷속에서 용이란 놈이 나와

가로채 업고
천 길 물속 깊이 들어가 버리게 할 만큼,

3
왼 고을 안 사내가
모두
몽둥이를 휘두르고 나오게 할 만큼,
왼 고을 안 사내들의 몽둥이란 몽둥이가 다 나와서
한꺼번에 바닷가 언덕을 아푸게 치게 할 만큼,

왼 고을 안의 말씀이란 말씀이
모조리 한꺼번에 몰려나오게 할 만큼,

"내놓아라
내놓아라
우리 수로
내놓아라."
여럿의 말씀은 무쇠도 녹인다고

물속 천 리를 뚫고

바다 밑바닥까지 닿아 가게 할 만큼,

4

업어 간 용도 독차지는 못하고

되업어다 강릉 땅에 내놓아야만 할 만큼,

안장 좋은 거북이 등에

되업어다 내놓아야만 할 만큼,

그래서

그 몸뚱이에서는

왼갖 용궁 향내까지가

골고루 다 풍기어 나왔었느니라.

영산홍

영산홍 꽃잎에는
산이 어리고

산자락에 낮잠 든
슬픈 소실댁

소실댁 툇마루에
놓인 놋요강

산 너머 바다는
보름사리 때

소금밭이 쓰려서
우는 갈매기

봄볕

내 거짓말 왕궁의
아홉 겹 담장 안에
김치 속 속배기의
미나리처럼 들어 있는 나를

놋낱 같은 봄 햇볕 쏟아져 나려
육도삼략으로
그 담장 반나마 헐어,

내 옛날의 막걸리 친구였던
바람이며 구름
선녀 치마 훔친 버꾸기도 불러,
내 오늘은
그 헐린 데를 메꾸고 섰나니……

고요

이 고요 속에
눈물만 가지고 앉았던 이는
이 고요 다 보지 못하였네.

이 고요 속에
이슥한 삼경의 시름
지니고 누었던 이도
이 고요 다 보지는 못하였네.

눈물,
이슥한 삼경의 시름,
그것들은
고요의 그늘에 깔리는
한낱 혼곤한 꿈일 뿐,

이 꿈에서 아조 깨어난 이가
비로소
만 길 물 깊이의
벼락의

향기의

꽃새벽의

옹달샘 속 금 동아줄을

타고 올라오면서

임 마중 가는 만세 만세를

침묵으로 부르네.

무제

매가

꿩의 일로서

울던 데를 이얘기할 테니

우리나라 수실로

마누라보고 벼갯모에 수놓아 달래서

벼고 쉬게나.

눈물을 아조 잘 수놓아 달래서

벼고 쉬게나.

내가 돌이 되면

내가
돌이 되면

돌은
연꽃이 되고

연꽃은
호수가 되고

내가
호수가 되면

호수는
연꽃이 되고

연꽃은
돌이 되고

외할머니네 마당에 올라온 해일

―쏘네트 시작試作

외할먼네 마당에 올라온 해일엔요.
예순 살 나이에 스물한 살 얼굴을 한
그러고 천 살에도 이젠 안 죽기로 한
신랑이 돌아오는 풀밭길이 있어요.

생솔가지 울타리, 옥수수밭 사이를
올라오는 해일 속 신랑을 마중 나와
하늘 안 천 길 깊이 묻었던 델 파내서
새각시 때 연지를 바르고, 할머니는

다시 또 파, 무더기 웃는 청사초롱에
불 밝혀선 노래하는 나무나무 잎잎에
주절히 주절히 매여 달고, 할머니는

갑술년이라던가 바다에 나갔다가
해일에 넘쳐 오는 할아버지 혼신魂身 앞
열아홉 살 첫사랑 적 얼굴을 하시고

어느 날 밤

오늘 밤은 딴 내객來客은 없고,
초저녁부터
금강산 후박꽃나무가 하나 찾어와
내 가족의 방에
하이옇게 피어 앉어 있다.
이 꽃은 내게 몇 촌뻘이 되는지
집을 떠난 것은 언제 적인지
하필에 왜 이 밤을 골라 찾어왔는지
그런 건 아무리 해도 생각이 안 나나
오랜만에 돌아온 식구의 얼굴로
초저녁부터
내 가족의 방에 끼여들어 와 앉어 있다.

한양호일漢陽好日

열대여섯 살짜리 소년이 작약꽃을 한 아름 자전거 뒤에다
실어 끌고 이조의 낡은 먹기와집 골목길을 지내가면서 연계
같은 소리로 꽃 사라고 웨치오. 세계에서 제일 잘 물디려진
옥색의 공기 속에 그 소리의 맥이 담기오. 뒤에서 꽃을 찾는
아주머니가 백지의 창을 열고 꽃장수 꽃장수 일루 와요
불러도 통 못 알아듣고 꽃 사려 꽃 사려 소년은 그냥 열심히
웨치고만 가오. 먹기와집들이 다 끝나는 언덕 위에 올라서선
작약꽃 앞자리에 냉큼 올라타서 방울을 울리며 내달아
가오.

산골 속 햇볕

잊어버려라
그래 우리는 다음 산골로 가자.

잊어버려라 또 한번 더 잊어버려
그래
우리는 또 그다음 산골로 가자.

잊어버려라
자꾸자꾸 잊어버려
그래 우리는
또 그다음 그다음 산골로 가자.

그래서 마지막 우리 앞에 깔리일 것은
산골 속 깔아 논 멧방석만 한
멧방석만 한 산골 속 햇볕.
멧방석만 한 산골 속 햇볕.

전주우거 全州隅居

어제는 뒷산에 올라 명창 심녀沈女의 묫등과 비석을 보고
  오늘은 앞 방축가를 지내다가 언덕배기에 쬐그만 자짓빛
앉은뱅이꽃 하나를 보았다.

  심녀의 초라한 묫등 앞에 비석은 명필 이삼만의 글씨였고,
앉은뱅이꽃 옆에는 흰 염소가 한 마리 매여 있었다.

  그밖엔 논어나 가끔 읽는 일일까.

  아, 참, 그 앉은뱅이꽃과 염소의 곁을 지내면서 보면 먼 산
맥들이 있는 건 사실이다.

  그러나 맑은 날엔 밋밋이 빛나고, 바람 부는 날엔 또 그것
들도 흔들리기도 하고 다가서기도 하는 것 같을 따름이다.

중이 먹는 풋대추

이차돈의 목을 베니
젖이 났더란 말을 듣고
열다섯 살에는
낄 낄 낄 낄 웃더니만

저 화상和尚은 올가을 대추나무 대추에
그 몸속의 핏빛을
꾸어 주어 버리고
냉숫물만 쫄 쫄 쫄 담고 있다가

시월이라 상달에
너무 심심하여서
채권으로 꾸어 준 걸
그 대추한테서 지천으론 다시 받아들이고 있다.

에누리도 해 가며
기러기 햇빛 속에서
지천으론 다시 받아들이고 있다.

* 편집자주─이 시의 원제목은 「채권」이지만 『서정주문학전집』에서 제목이 바뀌고 시어가 몇 군데 수정되었다(올여름 → 올가을, 담고 있더니 → 담고 있다가, 외느리 → 에누리, 지천으론 삽입).

마흔다섯

마흔다섯은
귀신이 와 서는 것이
보이는 나이.

참 대 밭 같이
참 대 밭 같이

겨울 마늘 낼
풍기며,
처녀 귀신들이
돌아와 서는 것이
보이는 나이.

귀신을 길를 만큼 지긋치는 못해도
처녀 귀신허고도
상면은 되는 나이.

실한 머슴

—마르끄 샤가르풍으로

삼월 삼짇날
제비는 날아들고
머슴은 점심먹고
가슴은 아푸지만

머슴은
지게 우에
산을 지고
솔거울을 지고
또 진달래꽃 3층으로 꽂아 지고

머슴은
어깨 우에
안주인을 이고
밭주인을 이고
또 새로 깐 건 2층으로 받쳐 이고

나무 나무 속잎 나고

가지 꽃 피고

머슴은 점심먹고

가슴은 아푸지만

가벼히

애인이여
너를 맞날 약속을 인젠 그만 어기고
도중에서
한눈이나 좀 팔고 놀다 가기로 한다.
너 대신
무슨 풀잎사귀나 하나
가벼히 생각하면서
너와 나 새이
절간을 짓더래도
가벼히 한눈파는
풀잎사귀 절이나 하나 지어 놓고 가려 한다.

연꽃 위의 방

세 마리 사자가
이마로 이고 있는 방 공부는
나는 졸업했다.

세 마리 사자가 이마로 이고 있는 방에서
나는
이 세상 마지막으로 나만 혼자 알고 있는
네 얼굴의 눈썹을 지워서
먼발치 버꾸기한테 주고,

그 방 위에 새로 핀
한 송이 연꽃 위의 방으로
핑그르르
연꽃잎 모양으로 돌면서
시방 금시 올라왔다.

고대적 시간

만일에
이 시간이
고요히 깜작이는 그대 속눈섭이라면

저 느티나무 그늘에
숨어서 박힌
나는 한 알맹이 홍옥이 되리.

만일에
이 시간이
날카로히 부딪치는 그대 두 손톱 끝 소리라면

나는
날개 돋쳐 내닫는
한 개의 화살.

그러나
이 시간이

내 사막과 산 사이에 늘인
그대의 함정이라면

나는
그저 포효하고
눈 감는 사자.

또
만일에 이 시간이
45분만큼씩 쓰담던
그대 할아버지 텍수염이라면
나는 그저 막걸리를 마시리.

여행가旅行歌

행인들은 두루 이미 제집에서 입고 온 옷들을 벗고
만 리에
날아가는 학두루미들을 입고,

하늘의
텔레비전에는
오천 년쯤의 객귀와
사자 몇 마리
연꽃인지 강 갈대를
이마에 여서 피우고,

바람이 불어서
그 갈대를 한쪽으로 기울이면
나는 지난밤 꿈속의 네 눈섭이 무거워
그걸로 여기
한 채의 새 절간을 지어 두고 가려 하느니

애인이여
아침 산의 드라이브에서

나와 같은 잔에 커피를 마시며
인제 가면 다시는 안 오겠다 하는가?

그렇다
그것도 또 필요한 일이다.

봄추위

어디서
어디 한 오백 리쯤 남쪽 바닷가에서
동백꽃 봉오리 새로 물드는 소리……

그건 아픈 것인가,
아픈 것인가,

동백꽃 봉오리가 다하지 못한 몸짓
바닷물이 받아서 웅얼거리는 소리……
제일 깊은 데 가서는 아닌 게 아니라 그렇게 하고 있는 소리……

섭씨 2도의 새초롬한 바람은 알아듣고
목청 돋구는 이화중선이처럼
가야금 찡 줄의 청을 곧추세운다.

* 이화중선 : 해방 전의 여성 국창國唱.

내가 또 유랑해 가게 하는 것은

병 나아
기러기표 옥양목의
새옷 새로 갈아입고,
눈멀었던 햇빛
눈 띄여
내가 또 유랑해 가게 하는 것은
내가 거짓말 안 한
단 하나의 처녀 귀신이 나를 찾아오기 때문이다.
문둥이산 바윗금 속에도 길을 내여
그 눈섭이 또다시 찾아오기 때문이다.
겨드랑에 옛 호수를 꺼내여 끼고
아버지가 입고 가신 두루마기 내음새로
내가 또 유랑해 가게 하는 것은……

칡꽃 위에 버꾸기 울 때

누군가 다 닳은 신발을 끌고
세계의 끝을 걸어가고 있다.
발바닥에 밟히는
모래 소리 들린다.
세계의 끝에서 죽지 아니하고
또 걸어가면서
버꾸기가 따라 울어
보라 등빛
칡꽃이 피고,
나도 걷기 시작한다.
세계의 끝으로
어쩔 수 없이……

일요일이 오거든

일요일이 오거든
친구여
인제는 우리 눈 아조 다 깨여서
찾다가 찾다가 놓아둔
우리 아직 못 찾은
마지막 골목길을 찾아가 볼까?

거기 잊혀져 걸려 있는 사진이
오래오래 사랑하고 살던
또 다른 사진들도 찾아가 볼까?

일요일이 오거든
친구여
인제는 우리 눈 아주 다 깨여서
차라리 맑은 모랫벌 위에
피어 있는 해당화 꽃이라도 될까?

하늘에 분홍 불 붙이고 서서
이 분홍 불의 남는 것은

또 모래알들한테라도 줄까?

일요일이 오거든
친구여
심청이가 인당수로 가던 길도,
춘향이가 다니던
우리 아직 안 가 본 골목도
찾아가 볼까?

일요일이 오거든
친구여
인제는 우리 눈 아주 다 깨여서
찾다 찾다 놓아둔
우리 아직 못 찾은
마지막 골목들을 찾아가 볼까?

* 편집자주─이 시는 『서정주문학전집』 표기를 반영했다(찾다가 → 찾다가 찾다가,
꽃같이 → 꽃이라도, 우리 하늘의 → 하늘에, 부치고 → 붙이고, 모래알들에게나 → 모래알들
한테라도).

무제

몸살이다 몸살이다
모두가 다 몸살이다.

저 거센 바람에도 가느다란 바람에도
끊임없이 굽이치는 대수풀을 보아라

몸살이다 몸살이다
틀림없는 몸살이다.

몰려왔다 몰려갔다 구을르는 구름들
뼛속까지 스며드는 금빛 햇살 보아라

몸살이다 몸살이다
끝없는 몸살이다.

석류꽃

춘향이

눈섭

너머

광한루 너머

다홍치마 빛으로

피는 꽃을 아시는가?

비 개인

아침 해에

가야금 소리로

피는 꽃을 아시는가

무주 남원 석류꽃을……

석류꽃은

영원으로

시집가는 꽃.

구름 너머 영원으로

시집가는 꽃.

우리는 뜨내기

나무 기러기

소리도 없이

그 꽃가마

따르고 따르고 또 따르나니……

어느 가을날

월부 천이 장사의 월부 천이에 싸여 업혀서
칭얼대던 어린것은 엄마 등에 잠들고

하늘 끝 거무야한 솔무더기 위에는
내 학업의 중단을 걱정하시던
돌아가신 아버지의 반쯤 돌린 야위신 얼굴.

왜 그 여자 월부 천이 장사의 느린 신발 끄는 소리는 들리
지 않는가.
다아 닳은 흰 고무 신발 끄는 소리는 인제 들리지 않는가.
누가 영 밑천이 안 되게 아주 떼어먹어 버렸는가.
왜 그 닳은 고무신 끄는 소리마자 이 가을은 들리지 않는가.

* 편집자주─마지막 행의 '닳은'은 시집에는 '흰'으로 되어 있으나, 『서정주문학
전집』 표기를 따랐다.

산수유 꽃나무에 말한 비밀

어느 날 내가 산수유 꽃나무에 말한 비밀은
산수유꽃 속에 피어나 사운대다가……
흔들리다가……
낙화하다가……
구름 속으로 기어들고,

구름은 뭉클리어 배 깔고 앉았다가……
마지못해 일어나서 기어가다가……
쏟아져 비로 내리어
아직 내 모양을 아는 이의 어깨 위에도 내리다가……

빗방울 속에 상기도 남은
내 비밀의 일곱 빛 무지개여
햇빛의 프리즘 속으로 오르내리며
허리 굽흐리고

나오다가……
숨다가……
나오다가……

경주소견慶州所見

아무도 이것을 주저앉힐 힘이 없는 때문이겠지,
왕릉들은 노랑 송아지들을 얹은 채
애드발룬처럼 모조리 하늘에 두웅둥 떠돌아다니고,
사람들은 아랫두리를 벗은 어린아이 모양이 되어
그 끈 밑에 매어달려 위험하게 부유하고 있었다.

토함산에 올라서니
선덕여왕릉이지 아마
그게 시월상달 석류 벙그러지듯 열리며
웬일인지 소리 내어 깔깔거리고 웃으며
산비 가슴에 만발하는 철쭉꽃밭이 돼 딩굴기 시작했다.

누가 그러는가 했더니
석굴암에 기어들어가 보니까
역시 그것은 우리의 제일 큰 어른 대불大佛이었다.

선덕여왕의 식지의 손톱께를 지그시 그 응뎅이로 깔아
자즈라지게 웃기고,
또 저 뭇 왕릉들이 즈이 하늘로 가 버리는 것을

그 살의 중력으로 말리고 있는 것은……

강릉의 봄 햇볕

진달래 갈매기 소리로
갈매기 진달래 소리로
분홍 불 켜며
소금도 치며
단단한 어금니로
돌산 어금니로
"이 머스마 왜 이럽나!"
깔깔거리고 내려오는
칡꽃 같은 눈을 가진
처녀 들어 있나니⋯⋯

무제

피여. 피여.
모든 이별 다 하였거든
박사博士가 된 피여.
인제는 산그늘 지는 어느 시골 네 갈림길
마지막 이별하는 내외같이
피여
홍역 같은 이 붉은 빛갈과
물의 연합에서도 헤여지자.

붉은 핏빛은 장독대 옆 맨드래미 새끼에게나
아니면 바윗속 굳은 어느 루비 새끼한테,
물기는 할 수 없이 그렇지
하늘에 날아올라 둥둥 뜨는 구름에……

그러고 마지막 남을 마음이여
너는 하여간 무슨 전화 같은 걸 하기는 하리라.
인제는 아조 영원뿐인 하늘에서
지정된 수신자도

소리도 이미 없이

하여간 무슨 전화 같은 걸 하기는 하리라.

나는 잠도 깨여 자도다

그대 손 위에
버꾸기 앉어 울어
내 마음의 만해^{萬海} 해변엔
해당화 분홍 불이 붙고

그대
바다를 재워
부는 피리 소리에
내 마음의 바다는 황금 가락지를 끼고

그대 루비의 산에서 내리는 루비의 방울
내 마음의 해저^{海底}에 가라앉아
우황 앓는 소처럼
나는 잠도 깨여 자도다.

나그네의 꽃다발

내 어느 해던가 적적하여 못 견디어서
나그네 되여 호을로 산골을 헤매다가
스스로워 꺾어 모은 한 옹큼의 꽃다발
그 꽃다발을 나는
어느 이름 모를 길가의 아이에게 주었느니.

그 이름 모를 길가의 아이는
지금쯤은 얼마나 커서
제 적적해 따 모은 꽃다발을
또 어떤 아이에게 전해 주고 있는가?

그리고 몇십 년 뒤
이 꽃다발의 선사는 또 한 다리를 건네어서
내가 못 본 또 어떤 아이에게 전해질 것인가?

그리하여
천 년이나 천오백 년이 지낸 어느 날에도
비 오다가 개이는 산 변두리나
막막한 벌판의 해 어스름을

새 나그네의 손에는 여전히 꽃다발이 쥐이고

그걸 받을 아이는 오고 있을 것인가?

* 이 도서의 국립중앙도서관 출판예정도서목록(CIP)은 서지정보유통지원시스템 홈페이지(http://seoji.nl.go.kr)와 국가자료공동목록시스템(http://www.nl.go.kr/kolisnet)에서 이용하실 수 있습니다. (CIP제어번호: CIP2018017363)

서정주 시집

동천

1판 1쇄 인쇄 2019년 8월 1일
1판 1쇄 발행 2019년 8월 5일

지은이 · 서정주
감수 · 이남호 이경철 윤재웅 전옥란 최현식
펴낸이 · 주연선

총괄이사 · 이진희
책임편집 · 심하은
표지 디자인 · 오진경 강소이 본문 디자인 · 권예진
마케팅 · 장병수 최수현 김다은 이한솔 강원모
관리 · 김두만 유효정 박초희

(주)은행나무
04035 서울특별시 마포구 양화로11길 54
전화 · 02)3143-0651~3 | 팩스 · 02)3143-0654
신고번호 · 제 1997-000168호(1997. 12. 12)
www.ehbook.co.kr
ehbook@ehbook.co.kr

잘못된 책은 바꿔드립니다.

ISBN 979-11-88810-36-9 04810
        979-11-88810-31-4 (세트)